神の翼

KAMI NO TUBASA

嵯峨直樹 歌集

短歌研究社

目次

神の翼

装幀　田口良明

神の翼

神の翼

霧雨は世界にやさしい膜をはる　君のすがたは僕と似ている

組み伏せてくちづけているつかの間を神の短い羽がふるえる

熱心に君は何かを話してる幼女のように髪しめらせて

あかい紐引くと闇夜に包まれた　髪の毛先が頬をくすぐる

ため息のしめり方まで似通って　たとえばキスの終わったあとの

こんなにもいたでを受けて君はいるストッキングを伝線させて

駄目だよ、ここで痙攣していては。準急列車がごうごうと往く

ゆびさきをからだに沈ませゆく頃に中国製の目覚ましが鳴る

胸もとに冷たい鼻を感じれば雨のはじめのしずくを思う

ペットボトルの空気の球を垂直に上げながら飲むミネラルウォーター

レバレッジ

街じゅうの監視カメラに注視され撰ばれてある恍惚とする

星、星、星　痛みを負った人々はここでお前に復讐をする

くさくない汚れが身体の内奥を黒くしたけど平気と聞いた

ヒトはみな、ヒトはみな、っていう声が渋谷の駅に鳴り響いてる

君よ君、かわいい人よ、粗っぽい現実のくる期限は近い

最高に君の輝く時が来た　脳内の「負」をファブリーズして

人間のぬるい体に指を入れ。やっぱりここも、袋小路だ

人民に尾行されてる昼下がり最上級の不審者として

ペイルグレーの海と空

海音にふたりの部屋は閉ざされてもういい何も話さなくても

髪の毛をしきりにいじり空を見る　生まれたらもう傷ついていた

垂直に合わせた羽を微動させ葉の先端にとまる紋白

「残酷なやさしさだよね」留守電の声の後ろで雨音がする

空想は止めようがない　夜の月昼の自転車朝のハチミツ

あいまいな笑いに何か許されてひとさし指を草木で汚す

急くような声ある方へ振り返る　夜の空き地のどくだみ白し

午前1時の通勤電車大切な鞄ひしゃげたままの僕たち

欠けているものがあるんだ霧雨と海の交わる場所のかなしさ

ガラスごし微熱を帯びた子のように海と真水の交わりをみる

寄せ返す波は黒髪　足の指からめとられるままにしている

クラッチを踏んで曲ればひらけゆくペイルグレーの海と空かも

公園にバトミントンの羽根あがり言いそびれていた一語を放つ

バイオレットグリーンのシャツの君が読む雑誌は今年の夏の特集

薔薇朽ちるまでの淫雨に次ぐ淫雨　冷蔵庫から光は漏れて

合流と分裂何度もくりかえしガラスをはしる夜の水滴

幾千の繊《ほそ》い傷あと光らせるアクリルケースに甲虫が棲む

市民プラザ

幾つもの制限速度の標識をくぐって君の夏に飛び込む

自転車屋花屋豆腐屋洗濯屋シャッター降りたままのビデオ屋

海へいく道路の脇の自販機で買ったコーラはまだぬるかった

櫛でとく髪の匂いは広がって未だ見ぬ世界もう見た世界

Tシャツの背中の青むゆうまぐれ市民プラザは解《ほぐ》されてゆく

故意にする言い間違いで揺さぶれば複雑な影成しゆく睫

待つ側に立つ人たちの腰かける噴水広場の円形のいす

月光が濡らしはじめる駅前の放置自転車　もう来てもいい

全身にくちづけてゆく儀式かな卵のような常夜灯照る

クラス

万札を吸い込むだけの機械だろアホなサインをちかちかさせて

傘、傘傘　真横の防備が〈甘〉すぎる　熱い命がキラキラしてる

大半が人を殺さず生きている不思議を思う通勤電車

爪を咬み童貞はいう訥々と産経抄のごとき〈美学〉を

半透明の犬に跨がり勤務する　幽霊ほどの〈意味〉を拒んで

働くとカネが貰えるなどという〈甘《うま》い話〉に注意しましょう

ポケットにガムの銀紙ためながら労働週間つましく過ごす

添い寝には国家のごときが似合ってる　真横に傘をさし向けている

弱くてもいいそんなに弱くては生き残れない　魚をほぐす

からっぽになれたらもっと愛されるたとえばきれいに笑う妹

アクセル

春風の維持を担当する部署が無意味に俺を終わらせてゆく

与えよ、根こそぎ奪い取る為に。歌舞伎町には春の風ふく

蛇口からカネが出てくる契約を神様以外の者と交わした

上からの指示で降りゆく　経血のぬるく滴るような世界へ

三本の華美な桜に蔑みされて春よ謝罪の言葉を言おう

車道から外《そ》れた車がゆっくりと落ちてゆくさま　獣が笑う

花びらのかげに〈歴史〉を戦がせてさくらよさくら今宵みにくし

春がくる事を拒んで少年は夜の湖水に脚をさしこむ

体温を帯びた微風とすれ違う　あるいは彼の影かも知れぬ

処理

触角のない鈴虫をごみ箱に移して残務の処理に追われる

霧雨の降りしきる路　終バスは名前の消えたバス停に着く

誤った人にならずに済ませなさいピクトグラムの女と男

少しずつはげしさを増す雨の中からだのにおいが混ざりはじめる

揺れながらレールの上を運ばれる端末のある仕事場までを

中吊りに「自己実現」の文字太し視神経より深く疲れて

殴られたヒトの血が散る午後一〇時整列乗車の人群に従く

赤羽のホストのような君ならば一葉だって濡れた顔する

世界消灯、世界消灯、アナウンス聞こえくる朝制服を着る

かがやかな春到来を阻害するリストに俺の名も加えられ

蛇口から小さな忍者が顔だして吾が生活を批評している

軽いかぜ髪にはらませ立ちあがる　からだにかたい芯ひそませて

エンドレス

光源をたどってゆけばわたくしのフレーム淡くせりだしてくる

ひとびとが各自のパターンを保持しつつ避け合うようにラインを描く

コンビニに正しく配置されているあかりの下の俺は正しい

君の眼の奥で点滅くりかえすカーソル　次の暴力を生む

よく慣れた上目づかいで見つめても君の取り分以上はないよ

通販の下着モデルのトルソーで慰めた手がつり革つかむ

靴ひもがほどけたまんま明らかに君は何かを信じたいんだ

雨降ってみろ終わってもいい今日のタブロイド紙を信じてもいい

中央のグリルに青い炎《ひ》を放ち大規模すぎた花捨てにゆく

まばたきをすればキレイな音をたて雫のような世界が割れる

ささやかな旗を立てつつ待っている繋がるならば誰でもいいよ

ときどきはここにくちづけしにこようはるかな枝の広がる下へ

遊　具

上昇とともに抱き合う密室の階数表示を片目に見つつ

夏の夜の紅い遊具に触れるとき昨日の雨の滴が落ちる

くちづけを始めるためのくちづけを小さく済ます部屋を跨いで

宵闇の水べまできてびんかんな先端までを穢す指先

ぬるい水下腹にきざす　髪の毛がさかなのように匂いはじめる

雨の輪のかさなり消える水面は商店街を暗く映せり

公園の空にかたちを成してゆく雲　憂鬱な思想のごとく

ガラス戸に筋をなしつつおりてゆく雨のつぶかな　人の泣く声

単純でいて単純でいてそばにいて単純でいてそばにいて

水ほどき合う寝室に薄しろく二重の円は消え残ってる

Abe 2.0

霧雨に閉ざされる湾　〈改〉という擬似餌に雑魚《ざこ》は鈴なりになる

90式戦車の中に〈ひきこもる〉装甲厚いハッチを閉めて

赤んぼの頃から俺のおしっこはおむつを宣伝するために青い

失政や失言をする宰相は〈人間だもの〉チャーミングだよ

〈炎上〉のブログに蟻は群を成す　甘い正義にありつきたくて

君の着るはずのコートにホチキスを打てば室内／ひどくゆうぐれ

息殺し〈従う〉時に新たなる臓器密かに形成される

誰もかも浅い地獄を生きている〈名無し〉のままの仮死を選んで

軍人を器用に操る幻の〈市民〉を君は目撃したか

明星

僕たちはあらたな枝をひろげゆく総ての愛のほろぶ湖底に

火の移るはやさに移るくちづけは君の苗字の底を濡らせり

どのように立ち上がったらいいのだろう冬の雨つぶ額にうけて

夜の髪乾かしている君待てば白薔薇の茎しずかなりけり

粘膜は小さく開きやわらかな月のあかりに照らされている

あかときを駆ける夢中の足跡は汐に満たされさらわれてゆく

雨粒は女の湖面に降っているいのちの生れる美しき系

熱っぽい寝覚めの庭に風つよく雑草の上に転がる玩具

春の収支

飲み終えたカップの底の砕氷は百円玉のようなきらめき

梅咲いて春よ一銭にもならぬ輝かしさに降られて俺は

みずいろの空くさいろの草ゆるい風まきつけるあわい太陽

賽銭の交尾する夢　木の箱を叩いて銀の玉あふれだす

ああここに金に汚い俺がいて、汚い金の捨て場を探す

公安のそこここにいる休日に／一室／俺が花であるゆえ

万札はあっけなく消ゆ高速のミニローラーに繰り送られて

やさしさを強調するなら見せてくれアルミのカネのような涙を

片足を踏み出す格好したままで女凍っている交差点

擦過音

快速が擦過音たて抜けてゆく笑いはじめの顔になるたび

地下鉄の細いホームで擦れ違う紺のスカート君は揺らして

リモコンで音楽かける　知っている？　気にいる？　僕は好きな曲だよ

歩くたび膝の擦り傷目立つのに気づかないほど君は馴染んで

ほら僕の浅瀬のような優しさに悦びながら跳ねていたんだ

運ばれてオフィスへ向かう人々が駅に着くたび配列変える

精密な光が照らす日曜日　街に乾いた気配が動く

吹き出物みたいに見える日の暮れに交わすジョッキについた水滴

窓越しの微細な部分が揺れている予告のようなしずけさのなか

なかったんだよ

乳いろの膜にふたりで包《くる》まって欠落の先触れ合っている

ははおやのらたい／らたいの君はいて／掌をしめらせてにがくうつむく

コンディショナーのかおりを避けて夜の空の数限りない擦り傷を見る

まひるまの光がうぶ毛をきわだたす　指のあいだがとてもさみしい

いつもきみが靴ひもを結ぶ地点ではあかるい風がやわらかに吹く

秋雨がぬらした街で傘とじる　思い出の火をふかく埋めこみ

さいごまで触れ合わなかった核と核つつむ皮膜は傷つきやすく

水滴がシンクのなかに固着する　淡い恋愛沙汰だったのか

新しい縄は若干暗いのにぐりぐりぐりぐりっと光るよ　かなし

遊園地の機械が廻る昼下がり〈なかったんだよ〉突風は吹く

霧

近くいて欲しい女がはく息のちいさな塊ほぐれていった

気にかけて気に病むという関わりのすぐ隣には愛のかたちか

昨日まで猫一匹が埋めていた空間にいま微風ゆき交う

夕光が屋上あたりで砕かれてキラリキラリと人群に降る

動くたび寄り添ってくる青い霧あまいかおりをここに残して

ゆきどまる先のほうまで欲しいから重みをかけて　死が見えるまで

スケルトンプラスチックでかきまわす　ときどき世界は頑丈すぎて

紋白

朝おきて泡たてながら歯をみがくまだ人間のつもりで俺は

黄金の悪意が深夜殖えてゆくビニール製のシューズの奥で

月光のメスに瞼を斬られいる　コピー用紙にかがやかな「論」

日盛りの市営緑地に紋白と紋黄飛び交う差異をきそって

老人と新人類と老人が濁った語尾を食みあっている

午前2時まだ人間のふりをしてモニタに向かう社運をかけて

ひとむれの群青として宵闇の風と交わるならば逆接

瞑れないひとみを開き水族は狂ったように同じ方むく

さまざまな手管をつくし確保する地下の回廊　僕しかいない

模様

半袖の君のにおいがしたようなしなかったような初夏の日暮れに

空色の幽霊のごとガラス戸にふたりの男女のすがたは動く

白濁の氷をグラスに入れるとき何かしずかに腐りゆくおと

もう死んでしまったように眠るひとガラスに雨の模様ができる

縛られて眠ったままの髪の毛を掬ってゆけば香りはじめる

ベランダの室外機の吐く熱風が洗濯物をゆっくり揺らす

われの内部の魚眼レンズにかろうじて映る人かげ君かと思う

月の面

ケータイを握ったまんま眠ってる　うつわに咲いたサボテンの花

ストッキングの上から脚を掻くほどのぬるい親しさ春あけぼのの

たましいを剥いてもアレがあるならば舌の先だけつけていようか

二股に咲く向日葵を窓に置き性交をする無風の夜に

最良の角度に顔を傾けておんなは今日の化粧を終える

身体が解け合ってゆく過程だが少しの違和がくりかえし来る

誰かさん、誰かさんって言いながら月の面に指紋をつける

日盛りの氷をみれば内臓の隙間に影がきざしはじめる

てのひら

てのひらをひらいてみてよ電灯を消したらぜんぶ僕らになった

トイレへと立った女が後ろ手でドアを閉め去る　闇を見ている

さかいめを曖昧にする　さみどりのゼリーを皮膚にすべらせながら

長髪にかくれて小さなキスをするあたたかな息ちかく感じて

ドア閉めてたった一つの影になれ髪さき乱す冷房の風

黄の薔薇のさく室内を音もなく移動している人かげがある
薄蒼い昼のあかりに包まれてひとのはだかのうぶ毛は光る

声割れるほど笑いあう冬の夜ここに救いはありましたっけ

室内にはげしく母が満ちている　君は禁忌にかこわれてゆく

この恋を複雑にする返信に数カロリーを消費している

リンス

リンス、リンス、犬の名前にちょうどいい香りだ君の女ともだちは

哀しみに花を関連づけるならネットの中で枯れるデイジー

絶え間なく春の光を汚してるガラスの向こうまだ君がいる

海原の青に空気の染まるころ流木に寝てゆめを夢みる

行間で君を黙殺して笑う　コンタクトの奥海原は凪ぐ

開かれた窓、閉じられた窓、俺はそこにはいない息つめている

「川端で死んだ魚の目を見たのそれでも可愛く笑えって言う？」

加工した針金製のハンガーを俺の隙間につっこんでいる

幸福を探る左手

幸福を探り続ける左手が細い煙草を箱から抜いた

ある時は一親等の親しさで肩ぶつけ合い駅へ急いだ

秋の夕未決の恋と寄り添って自販機前に佇んでいる

間欠的に小さな嫉妬が燃え上がる女の動く軌跡に沿って

所有格それは問題　金魚くさい手でわたくしを触らないでよ

半そでのむきだしの腕と触れ合えば君は確かに僕ではないが

あじさいの花くさるまで雨降れよここ通るたび君に似た青

ジャンプ

各々の細部にたまっているリアル　殺意を帯びて走りいる影

閉店のまぎわまでいた男らは無言のままで金に換えゆく

ジャンプ、汚れたスリッパを地表に落とし事務所の席へ

細部から狂いゆく部屋意味も無く暗黒地帯を養殖し初む

高円寺駅前月織し　傷つきやすくあれ　高音域を刻む旋律

ラストシーンだけははっきり覚えてる藍のコートで駅に入りたり

救いようなく降り積もる意味のなかまなざし伏せて何をうしなう

五回目のグリーンスリーブス聞きながら僕は電話を切ろうとしない

三月のビニール傘にわたくしをころさぬほどの雨降りそそぐ

分別を知っていていい年頃の　室内でする華美な花火の

悪い陽光に金属片は輪郭を危うく保つ　世界よ行け

カレー鍋

オレンジの光のなかで素裸のひとはミネラル水をとりだす

揺かごに受話器を掛けておんがくの名前探しているらし君は

フォルダ、フォルダ、ふぉるだの奥のおくそこに霧の顔面しずかに笑う

見せられた敵にうっかり戦いのポーズをとれば無惨な俺だ

しずかなる生活、ならむこの夕べ　カレーの鍋に泡という泡

夕立に潤いながら垂直のマリアは密かにねじれはじめる

滅菌された神

郊外の生産緑地で待っている滅菌された神が来るのを

抱かれれば死ぬほど眠い　テレビでは外国船が青く燃えてる

透明で短い笑いを習ったらノイズなしでも怖くはないね

いま君は人らのなかに溶け入って姿がないと考えている

痛いことばかり選んでしていても君はかなしいまでに無傷だ

幸運で役に立たない空間を夕べ赤色光浸しゆく

呼吸

呼吸音微妙にずらし合いながらまひるま誰と隣りあってる

僕たちは汚れた光に縛られて生まれた天使だったのだろう

鉄工所付近に棲む魚たちが激しいダンス踊って死んだ

場所と場所、　場面と場面のあいまにも青ぐろき雨ひたすらに病む

人群れて白き階段登りゆく　空にキリンの首折れている

小鳥

キッチンに淡い光が差し込んで姉は野菜の水滴はらう

マン・レイの女の顔を横切ってゆくゴキブリを目で追う水無月

壁面のところどころに浮かびいる黒き魚よ火曜の地下道

みずいろの小鳥飾られいる箱を抱きつつ海の街を探さむ

目を伏せて端正にはし置く姉のねごとをとめどなく聴きながす

笑いあうときのまふいにわが裡の鋭利なものに触れて戸惑う

僕たちは過剰包装されながら受け入れられておとなしくなる

朝誰もいぬ保育園に幼子の靴揃えあり跳ぶための靴

綱渡り

横顔にわれの視線を反射させ確信犯の君は輝く

前髪の下に翳れる瞳《まみ》強く真夏の核と思いいたりき

手紙とは謝罪を常に冒頭へもっていくもの　近頃遠し

落ちたらばしぬのに落ちたことはない綱渡りかも見つめ合うたび

かまきりの鋭き影も恋人の右足に踏みしだかれみどり

留守電の最後のなにげない言葉「さよなら」千の解釈を持つ

もはや君帽子を目深に被りつつ女の胸をぼんやり見てる

裏切ってしまうのだろう絡みあう薔薇は総て団地の向こう

夏深夜はげしき音をたてながら死を貪れり蒼きかぶとは

水

念をおす必要なんてないんだよネコ一匹がしきりに触れる

もののめいた水ゆっくりとまひるまの舗装道路を浸しゆきたり

いちにちをおいて聞きたる君の声聞き終えしのち水飲みに立つ

ベランダにでるたびあたしつぶやくの「アムロいきます、アムロ、いきます」

ライカ

暗室に吊るしたままのフィルムには写真部時代の君のトルソー

三階は身投げするには低すぎる洗濯バサミ錆びるベランダ

からからとバックギャモンのダイスふる図鑑どおりの海などはない

歯ブラシのブラシけばだち毛先から日常光に倦みはじめゆく

倒されて日時計になる写真立て西日にまじる市内放送

愛されるために短くした髪を揺らして君はバジルをきざむ

僕たちは今ここにいて失った未来を思いだそうとしてる

アーバスの双児の少女の眼に射られ天然水をコップに移す

触れてみるライカ冷たく手のひらのまんなかあたりに甘さがきざす

解説

岡井隆

才気のあふれる作風である。第一歌集にふさはしく、無駄のない構成で、気を抜いたところがない歌集である。それだけに、読みながら緊張を強ひられる思ひがするが、それもまた、作者がここになにかを賭けてゐる気迫が伝はつてきて、不快ではない。

読者は、ゆつくりと、一章づつ、休み休みでいいから、読んでいつてほしいと思ふ。事実、わたしのやうに十数年前から嵯峨さんの歌を読んで来たものでも、一首の歌にしばらく立ち止まつて考へてしまふことがある。それだけ一首、一首の味は濃いといつていい。

もう十年ぐらゐ前になるが、「未来」のそのころの二十代の男で、わたしの選歌欄出身の四人がMOSTの会をつくつたといふ噂が流れた。四人の頭文字をとつたこの研究会のメンバーでは、その後「未来」を離れた人もあり、また、失速したり、歌を止めてしまつた人もあつたが、嵯峨さんは残つた。決して定期的にきちんと歌を出す方ではなかつたが、ねばり強く残つた。そのうちに、嵯峨さんは、「短歌研究新人賞」を受賞した。その選考委員の一人としてわたしは居たが、特に嵯峨さんを贔屓して来たわけでもなく、それで居てとても気になる存在ではあつた。さきに言つたMOSTの四人に共通するのは、寡黙で、人づき合ひがなめらかでないといふことであつた。わたしは、それでもいいとは思つてゐたが、一人一人の人の歌に対する考へが知りたいと思ふときは不便だつた。

たとへば、嵯峨さんは、九〇年代の後半のしばらくの間、わたしの住んでゐた武蔵野市のマンションのすぐそばに住んでゐた。（今は移転して離れてしまつたが。）これも、偶然そこに住んだわけではないだらう。三鷹からのバスで、帰り路に、たまたま嵯峨さんと乗り合はせたことがある。嵯峨さんは、さういふ時でも、挨拶をなめらかにすることをしない人であつた。わたしは、その作品と思ひ合はせて、そのあまりにシャイなところにおどろいてしまつた。嵯峨さんは、そこで家庭を持つた筈で、たしかベビーカーに乗せたお子さん連れのときにも（偶然とはいへ、よくも出会つたものだ！）まごついた様子で、いそいでバスを降りて行つたことを覚えてゐる。こんなエピソードを公開する必要はないのだが、この歌集の中の、かなり大胆な性愛の歌なども、（いくたりかの先蹤があるだらう。たとへば加藤治郎さん、そしてわたしの歌の影もさしてゐることだらう。）これは、嵯峨さんのシャイな性格とナイーヴな感性、そして此の世の生きがたさの実感の、たぶん裏がへしのやうに思へるので、嵯峨さんはいやがるかも知れないが、あへて披露してみた。むろん、相対するわたしとて、人とのつき合ひや挨拶の上手な方の人間ではないのだが。

歌について触れない解説といふのはないので、以下、わたしの好みに従つて歌を挙げてみたい。

霧雨は世界にやさしい膜をはる　君のすがたは僕と似ている

組み伏せてくちづけているつかの間を神の短い羽がふるえる

この巻頭の二首は、まことに、この歌集を象徴するといつていい。この歌集は、雨の印象がつよく、濡れてゐる世界、湿度のふかい環境の中で展開される。そして、「君」と「われ─僕たちといふ表現もあるが」だけの閉ぢられた世界である。他者は、めつたに登場しない。そこに、抒情世界の純粋さが保たれてゐる。だが、広い世界や遠い世界、他者の厳然たる存在はあらはれて来ない。ではあるが、わたしはそれを認め、納得して読んでゐる。かういふ抒情空間は、多分、ニューウェーヴの人たちが切りひらいたものだらう。わたしは、そこに新鮮さと異和の両方を感ずるが、これは現代短歌の現象としては、一つの必然性をもつて現出したものだ。

わたしが、おもしろくて、また、過激な匂ひを嗅いだのは次のやうな歌だ。

半透明の犬に跨がり勤務する　幽霊ほどの〈意味〉を拒んで
添い寝には国家のごときが似合ってる　真横に傘をさし向けている
春風の維持を担当する部署が無意味に俺を終わらせてゆく
上からの指示で降りゆく　経血のぬるく滴るような世界へ

単純でいて単純でいてそばにいて単純でいてそばにいて
呼吸音微妙にずらし合いながらまひるま誰と隣りあってる

どの歌も、どうやら職場といふか、仕事に関連する歌であるところが興味ふかい。かういふ種類の職場詠は、いくつかの漢語の、わがままな用ゐ方と相まつて珍しいといへるのではないか。

きれいに出来た歌や、たくみな歌や、才気や感性の目立つ歌は、この歌集の中にいくらでもあらう。わたしは、右のやうなやや難解で過激な歌に、嵯峨さんの未来の可能性の一つを（リスクの多い道ではあつても）見たいと思ふのであつた。

嵯峨直樹さんの第一歌集の出版を祝ひ、これからも刺激し合つて行きたいと念願しながら解説とする。

あとがき

これは、私の第一歌集である。

二〇代の後半から三〇代中盤までの短歌を中心に編んだ。「未来短歌会」に入会したのが一九九四年。初期のものは大方、破棄した。

人と人との間にあるものについての短歌が多いに違いない。私の関心事の一つである。

短歌を始めたのが十五の頃、宝徳寺の遊佐英子さんから手ほどきを受けた。一九九四年に「未来短歌会」に入会し、岡井隆先生に師事するようになってから、前衛とか、ライトバースとか呼ばれる方法の存在を知った。私は数年かけて少年期のオーソドックスな作風を解体した。

敬愛する岡井隆先生に解説を書いていただいた事は無上の喜びである。きわめて批評的なこの歌人の影響を直接的、間接的に受けた事は私の矜持である。

また、多忙な中、しおり文を書いてくださった加藤治郎氏、穂村弘氏には心よりお礼を申しあげたい。

「未来」の諸先輩方、首都の会、スワンの会の皆様、これらの人々の支えなしにはこの歌集はこの世になかった。ありがとうございます。

歌集をまとめるにあたって、さいかち真氏に構成をお願いした。引っ込み思案の私の背中をおしてくれた彼にはお礼の言葉もない。

堀山和子氏、押田晶子氏、担当の菊池洋美氏をはじめとする短歌研究社編集部の方々、また装幀の田口良明氏には、私の無理なわがままを聞いていただいた。心より謝辞を申し上げたい。

嵯峨直樹

著者略歴

1971年、岩手県生まれ。
法政大学社会学部社会学科中退。
「未来」会員、岡井隆氏に師事。
2000年、未来賞受賞。
2004年、短歌研究新人賞受賞。

省略　検印

平成二十年十月三十日　第一刷印刷発行
平成二十一年八月二十一日　第二刷印刷発行

歌集　神《かみ》の翼《つばさ》

定価　本体一八〇〇円（税別）

著者　嵯《さ》峨《が》直《なお》樹《き》
郵便番号二三二―〇〇〇六
神奈川県横浜市南区南太田
四―三三―一四―二〇一

発行者　堀山和子

発行所　短歌研究社
郵便番号一一二―〇〇一三
東京都文京区音羽一―一七―一四　音羽YKビル
電話〇三（三九四四）四八二二番
振替〇〇一九〇―九―二四三七五番

印刷者　東京研文社
製本者　牧製本

落丁本・乱丁本はお取替えいたします。
ISBN 978-4-86272-124-2　C0092　¥1800E

短歌研究社　出版目録

＊価格は本体価格（税別）です。

文庫本	近藤芳美歌集	近藤芳美著		一九二頁	一二〇〇円	〒二一〇円
文庫本	岡井隆歌集	岡井隆著		二〇〇頁	一二〇〇円	〒二一〇円
歌集	雨の日の回顧展	加藤治郎著	A5判	一九二頁	三〇〇〇円	〒二九〇円
歌集	万華	城東つきよ著	A5判	一六八頁	二五〇〇円	〒二九〇円
歌集	残生	新垣秀雄著	四六判	一九二頁	二五〇〇円	〒二九〇円
歌集	時の幻影	矢野裕子著	A5判	一六八頁	二五〇〇円	〒二九〇円
歌集	バンクシア	山崎富紀著	A5判	一九二頁	二五〇〇円	〒二九〇円
歌集	水ほとばしる	菊一子著	A5判	二一六頁	二五〇〇円	〒二九〇円
歌集	冬の銀河	土井昌子著	A5判	二四〇頁	二五〇〇円	〒二九〇円
歌集	曼陀羅圖繪	稲葉峯子著	A5判	一九〇頁	二八五七円	〒二九〇円
歌集	天馬流雲	川口美根子著	A5判	二二四頁	三〇〇〇円	〒二九〇円
歌集	過飽和・あを	紺野万里著	A5判	二〇八頁	二三八一円	〒二九〇円
歌集	慈しむ	城谷榮子著	A5判	一七六頁	二五〇〇円	〒二九〇円
歌集	春の歓喜	若林春江著	A5判	一八四頁	二五〇〇円	〒二九〇円
歌集	須磨一弦	船橋貞子著	四六判	二二四頁	二五〇〇円	〒二九〇円
歌集	海馬の尻尾	花木洋子著	四六判	一九二頁	二三八一円	〒二九〇円
歌集	白き原野	藤田澄子著	A5判	二二四頁	二三八一円	〒二九〇円
歌集	丹頂の笛	糸目玲子著	四六判	二〇八頁	二三八一円	〒二九〇円
歌集	なごり雪	清水エイ子著	A5判	一八四頁	二三八一円	〒三四〇円
歌集	夏のゆうかげ	向井志保著	四六判	一七六頁	二六六七円	〒二九〇円
歌集	時間の器	森下優子著	四六判	一九二頁	二五〇〇円	〒二九〇円
歌集	えくぼ	松井多絵子著	四六判	一九六頁	一九〇五円	〒二九〇円
歌集	星状六花	紺野万里著	A5判	二二四頁	二三八一円	〒二九〇円